歌集

みちのくの天

八木司江

砂子屋書房

*目次

装本・倉本　修

歌集　みちのくの天

沼津御用邸跡

松よぎり潮騒きこゆ正門に国旗かがやく御用邸跡

百年を経し御殿なり調理室に天窓ありて秋の陽の射す

亡き陛下を貞明皇后偲びけむ経《きやう》きこえくる御日拝室

畳の上絨毯敷きてシャンデリアの明治の御座所に近代化知る

天皇のめぐりたまひし廊下かな松のあはひに駿河湾見ゆ

庭苑は松自然林意のままに伸びし大樹に潮風の鳴る

防空壕跡に萩咲く　空襲にて燃ゆる沼津が伊豆より見えき

島田先生を偲ぶ

みんなみは海と詠みける師を偲び大磯駅に下車をなしたり

島田師の足跡たどり来し浜辺初冬の海に光あまねし

師のみ声ひびき来たれよ右往左往砂踏みしむるこゆるぎの浜

冬ばれの大磯港を猟船の出航すなり汽笛こだます

東海道大磯町の松並木菰の巻かれし黒松見上ぐ

藤村の終焉の部屋瀟洒にて畳の縁に冬の日の射す

藤村の墓に詣でぬつはぶきの梅の古木の洞に咲きをり

熱海梅園

季はやき梅こそは花と詠みたまふ師を偲び来し如月の園

梅開花おそき今年にみなみ吹く熱海の園のひらき初めたり

紅梅の古木に咲けり寄りゆきて歌集あみたる吾を遊ばす

梅園をのぞむ岡の上彫刻の澤田政廣美術館あり

現役をつらぬきゆかむこころ打つ「蓮華」彫りける八九歳

「海に立つ弟橘比売」の像に思ふさねさし相模島田師の海

八丁味噌

御油のしゆく赤坂しゆくの松並木よぎりて春の岡崎の市へ

伝統は六百年とふ八丁味噌熟成蔵にじんわりかをる

洗はれし吉野の杉の六尺桶ひとつのあたひは三百万とぞ

竹島の百段のぼり八百富の神社に詣づ健脚はよし

かたくりは撫子色にむれ咲きて香嵐渓の山にいざなふ

足助しゆく「風外」と言ふ和菓子屋にて享保の雛の面長に逢ふ

比叡山

牛若丸清少納言のぼりける坂をあへぎぬ九十九折《つづらをり》参道

名を問はる「天狗の面」を外国人「ビューティフル」とて購ひゆきぬ

夫逝きし年に来にけり比叡山今存分に鐘ひとつつく

冷えまさる比叡山なり桜花季を待ちゐて一花も咲かず

三井寺は桜満開墨衣の僧にゆきあひ会釈をかはす

三井寺の霊泉すずし三帝の産湯につかひたまひけるとぞ

中山道

開通の権兵衛トンネル四キロを薫風となり伊那より木曽へ

中山道木曽福島の関所跡犬を背負ひし女闊歩す

朝日射す御岳山ををろがみて土筆つむなり木曽駒高原

祭り果て注連はづしゐる奈良井宿出し梁造り千本格子よ

江戸時代の「奈良井千軒」そのままに人の住みゐてコーヒー薫る

りんご咲く信野路を来て北斎の肉筆画なる「白拍子」観る

大本営移すもくろみありにける象山地下壕寒きをあるく

夫三十三回忌法要

夫三十三回忌の法事なす百日紅咲きやはり真夏日

四名は今十二名打ち揃ひ般若心経僧に和すなり

すでにして父の享年過ぎし子よ父亡きことは口に出さず

幼日の父の思ひ出かたる子の口元見つつ夫を偲びぬ

三人子はわれの生き甲斐これよりは子に見守られ生きてゆくべし

神護寺

朝日射す北山杉の直立の林つづけり周山街道

紅葉を映し流るる清滝川高雄橋までゆつくり歩く

神護寺の三百四段登るべし小春日の今日全山紅葉

三筆のひとりでありし空海の硯石とぞ大岩のあり

思ふまま生き来しならむ一木の紅葉は天にほむら立つなり

自然石葺きたるごとき石段を登りて仰ぐ古刹楼門

くねりつつ登り来し道紅や黄の木木繁り合ひ山のゆたけし

西明寺

指月橋わたりてをれば西明寺の鐘の鳴るなり登りゆくべし

ゆるやかな石段の左右かへるでの深紅のもみぢ渓流の音

一間の薬医門入る境内は紅葉燃え立ち昼をしづけし

紅葉の最中に立てる高野槙六百年の青をひろぐる

名に負ふ「鳥獣人物戯画」を観つおおくちあけて囃す蛙よ

保津川を櫂で漕ぎゆく舟の瞰ゆ今し紅葉まぶしかるらむ

夕付く日射す竹林をながめつつ嵯峨野の湯豆腐ふうふうと食ぶ

謡入門

意気込みて謡入門師に乞ひぬあやぶむ心なしとは言はず

新年の独吟会に「鶴亀」を初に演ずとひたすらにきく

「清経」の修羅を吟ずる医師の声初心の吾をうち止まぬなり

正座して「藤戸」を謡ふ九〇歳教本《ほん》を持たねどとちらざりけり

初心者

その父の八十路祝ふと謡の師能楽堂に話題はおよぶ

国立の能楽堂の舞台とぞ連吟なれば出よと師の言ふ

初心者の吾ためらへどプログラムできてしまひぬ遣るしかあらぬ

師の謡録音するをくりかへし聴きて謡へり戸障子しめて

歌仙会に鶴亀謡ふ医師と吾初心者同士挨拶かはす

ゆたか会と言へど薄物着ると言ふ派手になりしか簞笥より出す

青深き奥湯河原の湯の宿にゆかたさらひの謡をうたふ

シテ外科医ワキは吾なり「鶴亀」を調子ほどよく謡ひあげたり

国立能楽堂

早朝に和服着こなし七時半三島を発ちてバスにて上京

バス内に謡ひびかせ稽古する舞台で演ずる「草子洗小町」

国立の能楽堂の楽屋内連吟をなす十名の待つ

子の呉れし観世の扇金の地に三段水巻守護神にあれ

思ひきり声はりあげて謡ひたり七五歳の初舞台かな

第一歌集出版の祝賀会

師と夫に歌集出版告げにつつとつておきなる伽羅を炷くなり

亜麻色のロングドレスよ前うしろ歩きても見る古き姿見

祝賀会の弥生尽日快晴なり天のご加護か首を垂るる

六本木ヒルズのホテル子はとりて歌集出版祝ひくれたり

女男の孫の笑顔に吾もほほゑみて春ありたけの花束を受く

千羽鶴の蒔絵の文箱選り抜きて子らに贈りぬ感謝のこころ

けんめいに歌集出版なししこと吾が生涯の吉事《よごと》となさむ

夕萱の花

夕映えの海に島影いよよ濃く奥石廊崎夏来たるなり

暮れ初むる海みはるかす草原にこの時と咲く夕萱の花

夕萱の一斉に咲く草原に風渡り来て夏を奏づる

夕萱の咲く時間帯的中しレモンイエローのすずしさに酔ふ

両殿下夕萱の花観たまふと刈りたる茅の夏日に匂ふ

姉

姉の住むホームのあたり桜木の紅葉のよろし春をも待たむ

吾が家に姉を誘ひぬ好物の虎屋の菓子に薄茶を点つる

小春日の射し込む居間に姉とゐて父母の思ひ出果てしもあらず

ホームに入り姉三ヵ月三島市に来てよかりしとさはやかに言ふ

体操の時間たのしと米寿なる姉買立てのズックを見する

静岡県前知事夫人もホームにて姉と体操共にすと言ふ

ホームでの旅を姉はす鰹節の製造工程きらきら語る

姉の住むホームの展望窓にみる雪をいただく霜月の富士

不伐の森

新緑の森にゆかむと夫の声におにぎりにぎる万愚節かな

繰り返しあく洗ひ磨き木目出す磨き職人人柄よろし

ねんごろにあく洗ひ磨き仕上げたる廊下に若葉映りゐるなり

山清水ながるるほとりゆきゆきて不伐の森とふ石碑に出会ふ

猪や蝮　蜂への注意読みここぞと入れり原生森林

新緑の原生林なり血流の全身めぐる速さを感ず

存分に緑ひろげし大もみぢ命の力は吾を寄らしむ

小満の箱根

吾が生れし五月となりぬ新緑のなか歩まむと靴選りて履く

あざやかなトルコブルーに凜と咲くヒマラヤ芥子よ小満の箱根

紅緋なるのむら楓に陽の射して新緑のなか花とみまがふ

草むらに白き頭花をそと掲ぐ深山嫁菜のすずしかりけり

河骨は葉あひにぱつとひと花を黄にひらくなり初夏の沼

シュレーゲル青蛙とぞ未草生ふるあたりにころころと鳴く

黒百合のカリヨンひびくごと咲けり貝母の仲間ときさて諾ふ

喜寿の祝

吾が喜寿をうからこぞりて祝ふとて案内状くる五月吉日

唐崎のひとつ松なり墨描きの訪問着選る喜寿晴れ衣装

東京のホテルリッツカールトンにて祝賀会なすうから十二名

チェックインに係りすかさず吾が喜寿をことほぎくるるうれしかりけり

運動会終え名古屋より馳せ来たる三男夫婦と学童二人

先づうからフォトスタジオににぎにぎと並び記念の写真を撮りぬ

祝宴は加賀の懐石料理なり子らのもてなしこころにしむる

茶道

森沿ひの茶室につどひ茶道学ぶ京都より師のおでましありて

つつしみて利休道歌を誦すなりおのづから背の直ぐとなりゆく

先輩の真の台子の点前なす「大円の真」正座してみる

籠に盛る鳴る子と雀の干菓子食べゆつたり薄茶すすりあげたり

茶の友と昼餉とらむと座を立てば森より鵙の高き一声

踏切に始発電車の通過待ついづこともなく木犀かをる

信州の寺より届きし栗南瓜朝一番の力以て切る

源兵衛川

柊と鰯の頭軒に挿し一つ目小僧おどしし師走

せせらぎの音聞えきて水の辺を歩かむとすも三島冬晴れ

冬日射し流れひかれり百年を経て湧き出でし富士の雪水

靴ぬぎて飛石わたり渾身にてきよき流れのひびきを聴けり

川端に洗ひ場のこる源兵衛川すきとほる水の往時をかたる

川沿ひに「時の鐘」あり下に座して酒酌み交す翁の二人

飛石を踏みし瞬時に白鷺の光となりて目前を発つ

志野茶碗

歳晩の賜物ならむ帰省子と達磨山より富士みはるかす

たひらかな駿河の海や寄せ来たる恐慌の波いかに鎮めむ

雑煮椀屠蘇器の揃ひ取り出すを手伝ひくるる学童よろし

寄せ鍋や刺身笊蕎麦たひらげてうから一団年あらたまる

元旦はわが音頭にて乾杯す子のおもたせの酒よ絶品

新年の初点前なすとつておきの豊蔵の志野初おろしして

一碗づつねんごろに点つ丑年の学童しやんと正座し待てり

幕山梅林

湯河原の幕山梅林青海波のぼるがごとく今を咲き満つ

朝日射す紅白梅の山のぼる登山靴はくむれに混じりて

かをり立つ白八重咲きの豊後梅わが家の同種はや散り果てぬ

朱鷺つばさひろぐるごとし枝垂れ梅よみがへりくる青春時代

白加賀のきよらに咲けり下をゆく少年に添ふおしやれ着の犬

岩壁にハーケン光れり若者のザイル恃みて登りはじむる

梅林を過ぎて険しき登山道あへぎつつゆく海見ゆるまで

春の山里

川音のひびくのみなる山里の畑一面桃の花咲く

したしみし牛舎豚舎のすでになく粋な家建つ春の山里

畦道にたんぽぽ咲けり黄のなかのしろがねの球今し極まる

無農薬三島野菜と名のる畑ルッコラ・チコリー芽キャベツのあり

山里の社に掛くる氏子名杉本のみの並び吹かるる

春山に分け入るごとし蕗の薹楤の芽こごみ今日の晩餐

移植せし節分草の新大地みつめ咲くなり去年をしのぎて

出雲大社

低き山萌ゆる田畑のすみわたり神のまします出雲国原

老舗なる荒木屋に食む割子そばしこしことして汁も絶妙

八雲たつ出雲の大社の石碑なり正門鳥居頭をたれくぐる

天をさし枝をはりたる松並木はるかなる風威光を放つ

八雲山そびらに建てる本殿のかみさぶるなり千木の光りて

四拍子打ちてをろがむ大国主千古のみ祖のみ力おもふ

荒れ狂ふ八岐大蛇たばねしや日本一とふ太き標縄

石見銀山遺跡

その昔世界経済うごかしし石見銀山遺跡をめぐる

反り返る石橋わたれば石窟に五百羅漢あり坑夫をしのぶ

苔むししみ墓に詣づ銀山奉行大久保石見守の墓

定形の洞の並びぬそのかみの精錬所跡紅梅かをる

のみあとの確と残れり坑道に坑夫の鼓動目瞑りてきく

坑道に青草の生ゆ坑夫らの不屈の魂と思ひながむる

時を経て世界遺産に選ばれし石見銀山遺跡にぎはふ

松江城

朝日射す宍道湖をゆく小舟らの澪八方にひろげはじむる

花さきて鳶高鳴けり松江城めざし石段のぼりゆきつつ

松江城目前に立つ「だんだん」のロケせし辺り記憶をたどる

濠端のさくら満開屋形船のゆつたりゆけり船頭のうた

江戸時代の松並木なり荘厳な道を八雲の旧居に向かふ

南欧の旅回想

前向きにこだはり来しか整理せぬ写真の嵩の何と多しも

アルバムは黒の台紙を選びたりセピアの写真芸術的にと

克明な記録ののこる写真よし吾の記憶を鮮明にして

リュック背に子と南欧の二人旅のときめきし夏よ四半世紀前

子はすらりと吾は黒髪リュック背にリスボンの街自在に歩きし

休みゐてヒッチハイクと間違はるナザレの浜まで謝して連れ立つ

ナザレにて食みたる鯛の塩焼きのおいしかりしよ日本人吾

白壁にエリカの紅きオビドスの町しづかなり城壁みあげき

大西洋ほしいままなるリスボンのひとなつっこき人びとの好き

冒険家の夢のいくつを偲びつつリスボン港の夕焼けあびき

生殺しにブラボー湧くはポルトガルの闘牛なりきその夜の悪夢

見るほどに命あやふし熱狂のパンプローナの牛追ひ祭は

ピレネーの山麓に建つ教会の壁画あふぎきロンセスバージェス

戦争の悪叫びたし「ゲルニカ」を観をへてプラド美術館出でき

「セビリアの理髪師」観しは遥かなりオレンジ光るその地めぐりき

ガスパチョの冷たき味に旅をゆく力湧きけりセビリアの美味

立ち並ぶ椰子の木陰に陽気なる少女子つどひさんざめきけり

グラナダに鍔ひろき帽二つ買ひアルハンブラを子と目指しけり

若者の道の辺に座し爪引ける「アルハンブラの思ひ出」偲ぶ

壁面のアラビア模様倦まず覩き窓に見すなりグラナダの街

みるかぎり向日葵畑のトコンかも黒山羊寄り来て切切と見き

トレビの泉

ふたたびのトレビの泉にコイン投げきローマの空気大好きなれば

Tシャツとズボンを着替ふミュンヘンに「魔笛」観むと淑やかなりき

時を得て「魔笛」に酔へりなかんづく夜の女王のアリアよかりき

海の辺に「ベニスに死す」の美少年立つは幻ベニスめぐりき

ひたひたと水の音立つヴェネツィアにビードロふくらみ五彩放ちき

接吻を振り返り見し茂吉とふその他ウィーンに茂吉偲びき

バイロイト祝祭劇場めざす人の貴やかなりき絵巻芸術

ノイシュヴァンシュタイン城

神聖なる「パルジファル」にて聖杯はかかげられけり聖史劇なり

雨の中花に囲まれ静寂なるワグナーの墓たづね詣でき

アルプスの雪解け水の河をなす涼やかな街フュッセンに来し

ルートヴィッヒ二世の悲劇偲びつつノイシュヴァンシュタイン城出でき

旅の果て「コシファントゥッテ」に浸りけり女心に苦笑をしつつ

男装し獄中の夫救ひたる果敢なる愛「フィデリオ」に観き

三男と四十日の旅をしき振り返りつつ感謝のつきず

弥生の茶事

友のなす弥生の茶事の招待状かたへに置きてその日を待てり

茶事に着る楝色なる鮫小紋地味めと思ひてとりおきしもの

桜さく御殿場に来し殊の外富士演習場のひびき来らず

枝折戸をあけ粛然と迎へ待つ友のしりへに土佐水木さく

富士の水蹲踞に満ちすずしかり四人つぎつぎ身をきよめゆく

「百花為誰開」とふ床の軸や釣釜の炉辺春うららなり

念入りの蛤真薯の煮物椀鶴の子のごとうつくしうまし

釣釜のかすかにゆれつつ友点てし濃茶一碗菓子「花衣」

入学の孫を祝ふ

中学に入学の孫祝ふべく名古屋へ来たり弥生吉日

高層のミッドランドスクエアの名古屋駅前制し建ちたり

うららかな名古屋市街を瞰つつ食むふかひれスープや北京ダックを

さくら花ともなひて立つ名古屋城子の住む地とて親しみ仰ぐ

大千鳥比翼の千鳥飛ぶごとし金の鯱天にかかげて

空襲の惨禍はるけし復元の本丸御殿の槌音をきく

築城の意気込みならむ石垣の石にみらるる刻文符牒

明治神宮

五月晴れに御影の石の照り映ゆる神宮橋をつつしみ渡る

新緑のなかの檜の大鳥居菊の御紋の威光を放つ

手にしたる教育勅語あらためて明治天皇の威徳を偲ぶ

おおみうた読みし若者ちかよりて「むらきもの」意懇ろに問ふ

誕生の五月に来たる神宮に短歌の上達ひたすら祈る

新緑の雑木林の小径ぬひ「清正井」にて湧水掬ふ

砂利を踏む靴音たかし少年の野球チームの神前めざす

桂離宮

洛西の桂川沿ひ新緑の森におほはる桂離宮は

茅葺の切妻屋根の御幸門後水尾上皇御幸ありけり

名にし負ふ桂離宮の桂棚上皇好みは夢にみしのみ

飛石道あゆむ眼下に池庭あり鼓の滝や天の橋立

端正なる草庵茶室松琴亭高き心にひかれゆくなり

侘の囲の八つの窓ある茶室なり客座点前座と思ひめぐらす

書院より池に張り出す月見台池の面の月すずやかならむ

簡素にて雅致なる離宮タウト言ふ「泣きたくなるほど美しい」と

柊屋

瀟洒なる格子戸をあけ迎へらるる宿柊屋菖蒲の挿さる

安らぎの気の心地よき玄関に「来者如帰」とふ額

なじみある客のごとしも肩凝らず古き都の座敷にすわる

祖は郷土の品格たかき女将なり部屋に入り来て旅をねぎらふ

控へ目なる柊模様のゆかた夜具瀬戸物なべてすずしかりけり

なつかしき日本のしづけさ持ちてゐる柊屋なりかさねて来たし

回り縁付書院なる奥座敷川端康成の常宿を観る

夫三十七忌の法要

菩提寺に盆の挨拶墓参なす合歓の花ほんのり咲けり

ねんごろに霊供膳をつくりたり亡夫の好物枝豆を添ふ

冷房を利かせ待ちたり棚経に住職せはしき盆の炎昼

その父の享年過ぎし息子らと三十七忌の法要をなす

住職と会食の席のどかなり仙台時代の会話をしつつ

氏神の三嶋大社の祭日に夫は逝きけりしやぎりの聞こゆ

万葉の歌の楸《ひさぎ》に染めあげし風呂敷えらぶ法事の記念

外壁の塗装

建築し三十六年経し吾が家外壁の塗装をせむともくろむ

知合ひの塗装屋の来し丹念に点検なして見積りをりぬ

足場組む人の逞し鉄柱を縦横無尽に操りてゆく

この日ごろ足場利用の盗難のあるを棟梁知らせ呉れたり

鉄柱に確と囲まるこの夏を繭籠りして短歌思へり

炎昼の外壁の塗装つらからむ飲物冷やしたつぷりと出す

足場去り思ふままなる大空に巻雲の出づ秋は来てをり

アイポッド

唐突に音響機器か届きたり送り主名さがせどあらず

荷を解かず子につぎつぎと問ひゆけばそのまま置いてと三男の言ふ

帰省すや取り付けらるる「アイポッド」楽の音のなか説明し呉る

「奇しかな楽の音たふとしや楽の音母上へ」とふ小さき文字

澄み渡る秋の朝なり「アイポッド」にモーツァルトのジュピターをきく

三島暦師

蠟梅のたかく薫れり幕末の風格しのぶ河合家の玄関

奈良の世に京より来しとふ河合家の代代つづく三島暦師

三島暦の仮名印刷の最古とふ文字優美なる繊条をなす

てはじめは月の動きの探求とふ暦師の知能に三島ほこらし

傘　寿

紅梅の咲きさかる庭初雪の邂逅のごとひらり降り来し

雪国の労ひた思ふ牡丹雪霙氷雨と変はるわが街

冬晴れの山辺の古利茶を学ぶ和服の人らしとやかにあり

きさらぎの霜を踏みゆく傘寿賀して裏千家より表彰さるとぞ

賞状や漆の菓子器をたまはりぬ利休百首をあらため読まむ

ひたすらに励み来しのみこころして一碗を点てなごみゆきたし

バイ貝や鮟肝ゼリーや楤の芽に美酒を添へむか雨水の晩餐

東日本大震災

雑誌よむ昼下がりなり地震起き横揺れしげく急ぎ外に出る

震源は三陸沖のマグニチュード九津波警報こころゆさぶる

つくば市に電話通ぜず余震のなか次男らの声聞かむとあせる

充実の仙台時代の友知人連絡とれず震災あんず

街・車　船ら瞬時に呑み込めり津波の放映正視の出来ず

海の裂け大地抉るや一瞬に命　生活さらふをののき

雪つもる瓦礫分けつつうからを呼ぶ声のあり涙止まらず

吉報

次男よりうれしき知らせ届きたり夫の墓前に供花し伝ふる

五月祭にわれを招きし時はるか一筋の道あゆみ来し子よ

晴れわたる城ヶ崎なり紺碧の大海原に春潮ひびく

不定形組たるごとき岸壁に白煙立ちて潮のとどろく

海原に向かひ叫べり被災者に幸みてる潮とくはこべよと

吊り橋を踏みしめ立てり八〇歳大海われのこころ培ふ

海ぞひの雑木林にうぐひすの生をよろこびたかだかと鳴く

五月

新緑の萌え立つ森にほととぎす高く鳴くなり吾が生れ月

三人子の成長祝ぎて甲冑や武者人形を飾りし端午

母の日のうれしかりけりイタリア製木彫人形花束届く

女童の「唄のおけいこ」人形は小さき手足に拍子をとれり

子の心たふとかりけり『子規歌集』や『歌よみに与ふる書』贈らる

新緑の濃きも薄きも湧きあがる箱根路ゆけり心に相応ふ

新緑の箱根の地下の館内にパリの嗣治たかく薫れり

放射能汚染

菩提寺の盆の施餓鬼会《おせがき》東日本大震災の死者を供養す

盆棚には真菰の上に霊供膳瓜の采の目洗ひ米らあり

放射能汚染地域の人びとの古里を去る悲しみ如何に

牛肉の放射能汚染ひろがれり日日のたづきに暗雲の垂る

はじめての世界制覇ぞなでしこジャパンの祖国をてらす

台風の持ち来しものか思ひがけず冷気にひたる大暑の朝を

蟬の声大合唱となりし昼なすべきひとつ思ひ急くなり

あさば——次男の昇進を祝ふ

池の面に影を映せる屋外の能楽堂あり「あさば」のゆかし

多忙なる次男帰省す昇進の祝ひをせむと「あさば」を選ぶ

夕づけば小舟漕ぎ出で池の面に灯籠ともすひい・ふう・みいと

三方の鯛の塩釜祝とて木槌を以て次男の割りつ

三男はオバマ元首愛用のペンを贈りぬ兄を祝ひて

山ぞひの能楽堂の月光にしろじろと浮き神舞ふごとし

山水のしづかなる朝石舞台に白鷺一羽シテのごと立つ

桂川の辺に広がれる温泉地の修善寺なりおもむき深し

山峡

秋の気に触れむと思ひ山峡を朝の歩行に選ぶ長月

実り田のかをりなつかし戦時下に競ひて稲子捕りし友思ふ

実り田を言祝ぐごとし彼岸花の畦に緋色をめぐらし咲けり

天を差す檜林に梅擬きの真つ赤な球実あまた光れり

松虫草、晒菜升麻、吾亦紅に癒されゐたり宮家庭園

葉の散りて枝振りあらはな枝垂れ桜夕焼けのなか凜と立ちたり

富士山の湧水

好みゐる楽寿園まで小半時寒露の朝を歩きゆきたり

池水位の百六十九センチとふ目立つ表示の公園にあり

地下水の汲み上げ減るや涸池に七年ぶりとて水満つるよき

百年を経て湧き出でし富士山の雪解け水の惜しみ無く光る

水満てる池に館の映りゐて披露宴せし往時を偲ぶ

池沿ひの湧水の川梅花藻の流れに萌黄なびかせゐたり

富士山の湧水あふるる源兵衛川秋の陽の射し金色の濃し

吉田代表を悼む

吉田氏の跋あたたかしわが歌稿持ちて会ひたる思ひ出の茶房

「島田師にみせたかつた」と吉田氏の言葉忘れず歌集出来し日

竜胆や野菊の咲けり大会に吉田代表いまさず無念

風格のたかき文字なり賞状に吉田代表の署名たまはる

水ひびき枯葉散るなり山の辺に吉田代表逝きしを悼む

忠臣蔵

山科は義士まつりなり鉢巻のりりしき女男の行き交ひゐたり

岩屋寺に四十七士の像のあり忠義決ししめいめいに向く

蔵助の太鼓ひびけり主悦らの討入り姿のつづきて来たり

ゆかりある大石神社にいたるまで義士一団の雄姿時めく

日本人の美意識ならむ三百年「忠臣蔵」の倦まずつづくは

些事わすれ暮れのひと日を俵屋に八〇歳の命やしなふ

南座は新装開場二十年このよき時に「顔見世」を観む

江川禅師

我が家の初代なりけり子孫思ひ墓所改めむと発心すなり

本堂に近き墓地なり地鎮祭の経大寒の空を裂きゆく

總持寺の貫首のみ筆たまはむと菩提寺の僧と参上をすも

紫雲臺侍局の深しつつしみて大本山の江川禅師待つ

御揮毫の承諾のありぢきぢきに墓碑の形をねんごろに問ふ

ちからある御真筆なり朝日射す卓上に置きをろがみまつる

御真筆石工に渡し春彼岸の墓碑完成を祈りつつ待つ

新墓碑

新墓碑の完成すなり寺庭の紅梅かをる弥生の八日

鎌倉型五輪のゆかし丈ひくくあらたな墓地に鎮まりゐたり

白御影に禅師の真筆白じろと墓碑清楚なり思ひかなひて

新墓地に夫のみほねを移したり好物盛りて入魂の経

三十年余詣で来にける墓地にあぐる脱魂の経謝しつつきけり

大安の春分の日に子らつどひ新墓碑見上げをろがみゐたり

ひとつ事為し遂げにけり春彼岸こころ足りつつ牡丹餅を食ぶ

きよらかな新墓地に立つ夫ありし仙台の日々なつかしみつつ

高校に合格の孫来たる

高校に合格の孫名古屋よりひとりし来たりよろこびの春

背丈はや百七十五の少年をうからやからの見物に来し

野球部にて鍛へしからだたくましく毬栗頭の簡潔よろし

桜さく伊豆の反射炉蛭ヶ小島江川邸らを若きとめぐる

真白なる富士山を撮りメールすとふ祖母の家より眺めゐるとて

合格の祝ひにゆきし名古屋にて息子夫婦の歓待を受く

金環食

「蓬来」とふ博多人形子は呉れき長寿を祈る心うれしも

めでたかる人形にあり特別にケースあつらへねんごろに入る

金環食観むと丘までのぼりゆく野薔薇のひらき山鳩の鳴く

雲切れて右肩かくる部分食をしかと観るなり希望わきくる

雲うすれ金環食を今し観つ八〇歳の生れ月五月

生涯の記念とならむ眼鏡かけ金環食を観たるよろこび

天神原植物園

草原の希望のごとし淡紅の笹百合の花そこここに咲く

紋白蝶飛び交ひゐたり笹百合の咲き薫りゐる伊豆の草原

草原に紅緋の花火上げて咲く燕尾仙翁こころ勢ふ

るりしじみ止まらむとすも真白なる岡虎尾の房垂れそよぐ

紅紫こき五弁をひらく浅間風露絶滅危惧種のしかと咲くなり

星屑のごとさやかなり岩煙草のしめる岩場にむれ立ち咲けり

縹色の山紫陽花なり若き葉にでむし止まり角たかくあぐ

南伊豆の天神原の植物園梅雨の晴れ間に散策したり

晩餐会

文月の晩餐会なり三つ星の日本料理屋「龍吟」にゆく

「龍吟」とふ店の名ゆかし龍笛の雅楽のひびき味はひゆかむ

天高く龍きほひ立つ染付けの大皿店にかかげありたり

「愛逢月の御献立」手にとりて山本シェフの意気込み思ふ

讃岐産オリーブ牛の冷しやぶを食ぶ老人力の湧きてくるかも

朝じめの鱧葛叩きの澄まし汁初夏の風身をよぎりゆく

珍しき「天草緑竹」添へられし蛸や帆立のしなやかにあり

落合楼

久久に山あひ深き湯ヶ島の「落合楼」に夏をいこひぬ

たたずまひありしながらの正門に新看板の文字の勢ふ

門くぐり苔むす石橋わたりつつ山水きよきひびきを聴けり

木木の間に瓦葺きなる玄関の堂々として吾を迎ふる

白秋の「雀百まで」を宿に観つ「ありやせこりやせ」と雀の踊る

渓流の岩越ゆるときとどろきて晩夏の光かへしゐるなり

黄鶺鴒待てど来たらず暮れ初めて湯けむり上ぐる宿にもどりぬ

裏千家秋季茶会

裏千家秋季茶会の席持つと友の案内よろこびて受く

ともどもに研究会や茶会とてきはめ来しなり吾の親友

秋晴れの露地すすみゆき梅御殿のゆかしき茶室の席に入りたり

秋草に虫の蒔絵の棗なり虫の音想ひつつ茶の点つを待つ

赤楽の茶碗に翡翠さえわたる薄茶一服すすりあげたり

白内障

老眼の眼鏡にルーペ重ねども辞書の漢字は虫のパレード

すぐさまに眼科受診す検査器の室に満ちゐて光を放つ

診断は白内障なり入院し手術受けむと先づは予約す

手術前の医師の説明聞かむとて息子三人そろふしあはせ

手術する眼のみ出しておほはれぬ一直線の光射す中

目にそそぐ水流の音医師の声神の御手とて信じゐるのみ

開眼の世界あかるし吾が余生しかと歩まむ感謝をしつつ

白内障完治するなり両眼の視力そろひて一・二となる

洗顔の許可の出でたり冬の朝富士湧水を掬ひて清む

心身の明るくなりし部屋内に眼鏡をかけず新聞を読む

小分けにし時かけ書きし年賀状術後にあれば点眼しつつ

回復の視力を以て見極めて衆院選の投票したり

開票を報ずるテレビ見つめつつ医師の注意の脳裏をよぎる

元　日

つくばより啓翁桜届きたり伊豆の吾が家に莟をほどく

開花待ち元日の朝玄関に春のいぶきをみたさむとすも

元日のあかときに起きならわしの雑煮の出し汁ねんごろにとる

十二名家族こぞりて吾が作る雑煮に祝ふ元旦の膳

松葉柚結び三つ葉の香と共に雑煮あぢはふ声の立ち来る

三男の吉事《よごと》を祝ぎし節の重真鯛、伊勢海老、鶴舞蒲鉾

勅題の「立」の羊羹だるま模すを盛り新春の薄茶点前す

みちのくの初の桜に初日射すうつくしく歳重ねゆきたし

屠蘇器、椀、きよめ仕舞ひぬ来る歳もせちぶるまひを家族にせむと

残雪の箱根の山にかがやくを希望となして歌会にゆきぬ

破魔矢

にこやかな巳の置物と破魔矢ありすこやかなれと次男置きゆく

国立の花巻病院三男のいきいきとして赴任するなり

花巻の気象情報雪とあり子に羽根蒲団送る用意す

花巻の大き白菜報ずなり宮沢賢治の畑の産とて

若き日に亡夫と馬車にてめぐりたる小岩井農場賢治の詩あり

三島梅花藻

粗樫《あらかし》や水楢のなかつりがねの深紅をともす緋寒桜は

こがくれに浦島草の釣糸か垂らして咲けりおどろおどろし

藪椿一輪落つる木道に春の水音うひうひしかり

清流に青あたらしきクレソンの群れ生ひゐたり春の日の射す

清流の緑の葉群に白小さく三島梅花藻ひかりて咲けり

川岸の岩のくぼみに祠あり標縄はりし里人ゆかし

川岸の藪にうぐひすしき鳴けり川に下りて流れに触るる

川なかの岩に立ち見つ影落とし天魚《あまご》、石斑魚《うぐひ》の泳ぎゐるなり

国立花巻病院

国立の花巻病院三男の赴任を祝ふ会をくはだつ

祝宴の地は仙台とす十二名の家族の集ふ弥生尽日

新婚の一歩を踏みて十六年思ひ出愛《は》しき仙台に立つ

宴席は東洋館なり広瀬川の清流のぞむ和のおくゆかし

栄転の三男を祝ぎ杯を上ぐ天国の夫唱和なしゐむ

喜知次酒盗、鮑雲丹焼、伊勢海老の具足煮うまし祝ひ膳かな

吟醸酒子らをめぐれり宮城野の今宵の宴のよろこびの中

ウエスティンホテル仙台に一泊す東北大学間近きに見ゆ

晋山式

菩提寺の若き住職の晋山式古式ゆかしく四月行ふ

本堂のよろしき席をよろこびて新命方丈の到着を待つ

七十名近き僧侶と檀信徒本堂に満ち厳粛にあり

住職は檀家総代の家を出で稚児をともなひ華の列なす

新方丈の法語ゆたけし菩提寺のご開山なる大和尚に対く

常林寺の二十三世瑩道太壱和尚誕生めでたかりけり

富士山世界遺産に

富士山の世界遺産に決まるを待つ六月二二日朝明け

梅雨晴れの朝の四時半意気込みてウォーキングする身支度はじむ

晴れ姿今しとどめむことさらに富士見ゆる道選りてゆくなり

頂に朝日射し初め際やかに稜線展ぐ駿河なる富士

待ちに待ちて世界遺産となりし富士祝賀の空気静岡に満つ

朝夕に仰ぎをろがむ神の山この地に生れしを誇りとなさむ

百年を経て湧き出でし富士の水命清らに生かしはぐくむ

立葵赤、白、桃に咲きみちて霊峰富士を祝ふがごとし

箱根神社

荘厳なる老杉のなかのぼりゆき箱根神社の神を尊ぶ

仰ぎみる石段のぼりぬ古稀吾の参詣せしより十二年経る

本殿の朱塗り照るなり森厳なる神前に立ち平安いのる

箱根山の霊水と言ふ竜神水暑気払はむと光るを掬ふ

根元ふとき安産杉の標あたらし北条政子の祈願せしとふ

箱根路の湿生花園文月を桔梗のひらき女郎花咲く

鷺草の飛び立ち咲けり好みゐし茶道の師をば偲びながむる

ひぐらしの高く鳴くなり湿原に水千鳥咲き薫りを放つ

仙台七夕

仙台の七夕見しと三男の四十五年振りなるを言ふ

仙台に生れ育ちし三人子は七夕祭り誇りにあらむ

肩上げの浴衣に兵児帯むすびたる三人男の子と見ける七夕

卓上の七夕飾りうつくしき天国の夫御出座しあれよ

富士山の世界遺産の記念とて二度目の登山決めし三男

御来光荘厳にあり雲上の影富士もよきと子の声高し

若きらの生気あふるる夏休み八二歳負けてゐられず

丹波酸漿

紅緋なる丹波酸漿の鉢植ゑを慈しむなりつくばより来し

次男住むつくばの土をこぼさずに酸漿庭に移し植ゑたり

朝なさな酸漿に水しかと遣るランタンの色冴えて明るし

酸漿の実をもみ果肉と種を出し口に含みて鳴らしけるかな

鳥居くぐり滝川神社の杜に入る滝音たかくひびきゐるなり

祭神は瀬織津姫神水仰ぐ修験者つどひ禊せし杜

神主は三嶋大社の祭り前滝にて禊なしたると聞く

富士山初冠雪

なかなかに暑気去らねども庭内の金木犀のたかき香はなつ

この夏の猛暑のゆゑか秋明菊昨年より小さき白花ひらく

台風の来ぬうちにとて長男の裏庭の栗採りて呉れたり

三十年経たる栗の木いがむけば丹波の栗の艶やかに出づ

仏壇に先づ供へたる初の栗裏年なれど粒みごとなり

富士山の初冠雪を仰ぐなり十月一九日の朝あけ

例年より遅れし富士の初冠雪めづらしく雪さはに積もりぬ

富士山の初冠雪の駿河路は冬のたづきに入りてゆくなり

七五三の祝ひ

小春日の菊かをる道下りゆき三嶋大社の鳥居をくぐる

春愛でししだれ桜の紅葉し参道染めて散りてゐるなり

小春日の射す神の池鴨五羽の右に左に列なし泳ぐ

七五三の祝ひの親子うつくしき三嶋大社の華やぎゐたり

三人子の七五三祝ひはるかなり仙台時代よみがへり来し

仙台の桜が丘のみ社に家族こぞりて七五三祝ひき

七五三の子らの記念とその父の八ミリ撮らむと懸命なりき

赤飯に尾頭付きの鯛を添へ汁物・煮物と真心こめき

ゴスペル

子の妻のゴスペル歌ふとわが家族東京文化会館につどふ

会場は熱気のみてりよき席をとりくれし子に感謝しすわる

名に負ふ亀渕友香のゴスペルの朗々として迫り来るなり

友香すなはちビッグママ歌ふゴスペルの荘厳にあり世界救はむ

はれやかにゴスペル歌ふ子の妻のメゾソプラノの位置に光れり

天つ神を祈り讃美し感謝なすゴスペルを吾も唱和なすなり

クリスマスゴスペルナイトに参加せし八二歳よろこびの満つ

ゴスペルの大コーラスの厳かに祈りとなりてひびきわたれり

オーロラ

子のメールアラスカより来しオーロラの明けの女神のごと美しと

マイナスの三十余度の北の地にオーロラ出づるを待つ間を思ふ

防寒衣防寒靴を貸すと言ふ安堵し子らのよき旅祈る

丸に羽根を下げたる凧かアラスカの子のみやげなるお守りうれし

旅好きにあれどアラスカ未踏なり八二歳の夢となるらむ

勅題の「静」を模したる羊羹の「希望の光」に薄茶を添ふる

年男年女なる子と孫よ駿馬となりて世界駆けてよ

手術

右側の卵巣少し腫るるらし経過をみむと医師の言ふなり

卵巣の増大すすむとＣＴやＭＲＩの検査はじむる

悪性も否定できずと卵巣の摘出手術するを決めたり

医師の子は卵巣手術を名医なる武隈医師に頼みくれたり

麻酔科の医師にしたがひ夢のうちわが卵巣は摘出をさる

術後すぐ良性腫瘍とふ医師の声もうろうのなか天に聞くなり

暗雲のにはかに去りて大寒の光あまねく射し込むこころ

点滴の管たづさへて歩くなり手術翌日の睦月の院を

早春の光

入院中子や子の妻や孫達の引きもきらずに見舞ひくれたり

病棟の十階にをり雪富士や駿河の海のかがやくを見つ

執刀医にことさら感謝すあらためてわれが命の鼓動よろこぶ

手術後の経過よろしと九日目退院すなり睦月尽日

若きらに伴はれつつ早春の光あまねき我が家に帰る

馴みたるぬくきベッドに横たはり再出発をもくろみゐたり

術後よりひと月の間に生活を元に戻さむ徐徐にはじむる

手術より一ヶ月経て入浴す新調の服の朱鷺色を着る

沼津港深海生物水族館

日本一深き湾なり駿河湾間近き海に興味湧くなり

駿河湾二・五キロの海底に古代より棲む生物知らず

沼津港深海生物水族館創立二年の高く評さる

深海を模しし水槽奇妙なる生物うごめき目を凝らしむる

殻を持つ蛸か、餌を捕るオウムガイの九十の腕伸ばし絡むる

螢らの飛び交ふごとし餌をあたへ魚と知るなりヒカリキンメダイ

足の間にひろき膜持ち円盤のごとく浮遊すメンダコをかし

岩陰より坊主頭の愛らしき顔のぞかするボウズカジカは

万葉うちは

男孫らの色紙に書きし見舞ひ文のあたたかきかな枕辺に置く

手術後の経過よろしく桜さく三嶋大社によろこび詣づ

紙上なる漱石の『こころ』ふたたびを味はひはじむ菫さくころ

母の日の贈り物なる花花の高く薫れりはんなりとゐる

東大寺の不空羂索観音を子は詣づとふ清らなるらむ

青丹よし奈良の都の贈物の万葉うちはの品のよき風

青柳の芽吹き彫りたるうちはもてたをやかな風につつまれをりぬ

新緑の大和三山ゑがきたるうちはの立つる木木わたる風

「深川の雪」

万緑の箱根路ゆけり山法師のここぞと白をひろげ咲きさく

芦ノ湖は波おだやかに藍深し小舟出で来て釣り糸を垂る

弓なりに山連なれる間に立つゆかしき庵に一夜を過ごす

山峡の小川のほとりほーたるのおもむくままに光をはこぶ

万緑の箱根の出で湯に手術後の吾ひたるなり癒されゆかむ

朝霧にけむる山山大文字の時を待つごと浮き立ちゐたり

歌麿の「深川の雪」掲げたる箱根路に立つ岡田美術館

江戸の世にさかのぼりゆく思ひして「深川の雪」と遊びてゐたり

秋場所千秋楽

秋場所の千秋楽に思ひがけず招待をさる砂かぶりなり

亡き父の縁の翁のさそひなり国技館さしよろこび参ず

館内は大観衆なり呼出しの古式ゆかしき調べの高き

靴を脱ぎ向かう正面三列の席にすわりぬ感謝をしつつ

土俵下に出を待ちすわる力士らの半眼するどし聖者と言はむ

怪物の名だたる力士の逸の城まぢかに見上ぐる目元愛らし

遠藤は負けてしまひぬ沈黙の後ろ姿に眼うばはる

優勝の白鵬の立つ「いい男、笑へ」の声にすかさず笑ふ

三四郎池

黄葉の公孫樹並木道そろりゆき安田講堂をあふぎ見るなり

もはや昔次男の合格発表に感激をしき　キャンパスに立つ

病床のその父合格たたへつつ涙ながしき遠き思ひ出

たのもしき学徒に交じり学食に和の定食を味はひ食ぶる

漱石の作『三四郎』にゆかりある池にゆかむと坂を下りぬ

紅葉の木木映しつつしづもれる三四郎池時かけめぐる

赤門の荘厳にありあらたなる厳粛な気にみちびかれゆく

「おてらくご」

いつになくよき紅葉をながめつつ開山忌なす菩提寺にゆく

法事後に「おてらくご」あり東西の落語家二人は三島と沼津

本堂に俄かづくりの高座でき壮の演者のそろりと座る

上方は笑福亭の羽光なり小話の妙に思はず笑ふ

江戸方は三遊亭の橘也なり入門までの難儀のをかし

はれわたる大雪《たいせつ》の朝未歳の初日待たむとガラス戸を拭く

黒色のダウンジャケットのぞむ孫の身長体重年齢を言ふ

庭師より藁手作りの宝船をもらひ祈りぬ来む年の幸

年女

筑前煮の好評なれば大鍋にじつくり煮込む明日は大年

七度目の年女なり清明な未描くをかかげ祝ひぬ

木曽檜の新菜箸に雑煮盛る我が未年のつつがなくあれ

吟醸酒四升子らの送り呉る十二の杯につぎつぎ注ぐ

元旦はわが恒例の薄茶点つ茶名祥慶菓子のどかひつじに

とりおきし金蒔絵ある万年筆初春のうた書かむと握る

春光を袋にもぐる針鼠とふ飼ひゐる孫の神妙に言ふ

すこやかに術後一年の経過しぬ梅薫るなか旅をもくろむ

「福は内」

僧侶らの六百巻の心経の転読たかし節分の寺

七度目の年女われ菩提寺に裃を着け追儺なすなり

枡一杯豆や餅盛り声たかく「福は内」とて四方に撒きたり

節分にくじびきありて文旦の望月のごとの大きを手にす

立春の朝日射し入る部屋内に『茂吉秀歌』を読まむとひらく

洞《うろ》ふかき老梅一樹青竹に支へられつつ満開近し

霜柱踏みつつゆける野の土手に蒲公英一花春の日を浴ぶ

神揚ぐる凧かと見上ぐ天空を光ひきつつ機影わたれり

友人の茶会

友人の茶会の席主なすと言ふ招待されて三月を待つ

友の故郷の若狭思ひつつ御水取りの趣向こらせる茶席に座しぬ

掛物は「明珠在掌」なり紫野千代田玄界の筆を拝しぬ

黒文字と白藪椿のきよらなり花入れの銘「二月堂」とぞ

火を描く薯蕷饅頭「松明」に薄茶あぢはひ至福なりけり

友の茶席すずしかりけり東大寺の修二会にゆきし時を偲べり

なごみつつ共に茶道を究め来しグループ四人はもはや心友

春の雲悠悠とゆき富士湧水絶ゆることなし三島を愛す

遺伝学研究所の公開日

遺伝研の公開日なり珍しきあまたの桜観むと出で立つ

沿道の桜並木の咲き盛れり太き樹幹の時代色帯ぶ

道の辺に「桜の碑」とふ石碑建つ桜人とてよろこび過ぎる

すずやかな気の湧き満てる三島桜竹中博士の育成すとふ

純白の八重大輪は水晶とふ気高き桜に近付きゆけり

くれなゐの鐘形しかと咲く桜の染井紅なりまさに貴重種

薄色の半八重さやかな咲耶姫めぐし桜よ名にし負ふなり

ポトマック河畔の桜満開とふ其処歩きけるかの日偲べり

オペラ

三男のオペラへの誘ひよろこびて東京文化会館にゆく

ハンガリー国立歌劇場の「フィガロの結婚」おもしろく観つ

学会の次男とゆきしハンガリーの三十年《みそとせ》前のよみがへり来る

ハンガリー国立歌劇場に観し「セビリアの理髪師」余韻忘れず

くさり橋渡りゆきけりたうたうと青きドナウの街を分けゐき

ブダの丘に厳かに建つ王宮のなみなみならぬ歴史を知りき

真白なる尖塔回廊うつくしき「漁夫の砦」にドナウながめき

アジア系マジャール人のハンガリー親日的なり去りがたかりき

庭

終戦の日のごとく咲く百日紅枝ひろげつつくれなゐ深し

庭うちにひとときは高き槇一樹秋啄木鳥の来ては樹を打つ

洞ふかき老梅のあり大粒の実の瑞瑞し今年豊作

幹太く葉の茂りたる白木蓮庭の半ばに木陰の生る

藪椿の赤のよろしも春の床に一輪を生け薄茶を点てき

木斛の勢ひ立ちたり斑入りなる石蕗の群れ根本をおほふ

藤棚を青竹に換ふ丈長き花房ゆるる下に立ちたし

こんもりと生育したる金木犀花咲き薫る時を待つなり

天城太鼓

帰省する子らを伴ひ修善寺の山あひの宿「あさば」にゆきぬ

山あひの深き緑に能舞台の謂れたふとき姿きはだつ

池の面に影を映せる能舞台片方に白き石舞台も見ゆ

はからずも「天城太鼓」の演奏の今宵あるなりたのしみ待てり

大小の太鼓ならびぬますらをら捩り鉢巻法被に出で来

逞しき若者ら打つ「天城太鼓」永久に平和であれよとひびく

若鮎の炭火焼よし泳ぐごと皿に盛らるを蓼酢で食ぶる

朝明けの山あひの気のいとすずし遠くきこゆるひぐらしの声

山里

秋ばれの山里ゆけりみはるかす稲は黄金の海をもたらす

放火され焼失したるみ社の楚楚と建ちをり木の香かぐはし

崖上の山葵田の水滝となり虹ゐがきつつ川にそそぎぬ

箱根路を下り来し川大岩に光《かげ》散らしつつ川にそそぎぬ

富士薊野菊咲きゐる野道ゆく共に歩きし友すでに亡く

ひたすらに里芋掘る人運ぶ人ブリューゲル画の中ゆくごとし

藁葺きのもはや見られず山里はモダンな家の目立ちはじむる

スマホ記す一万二千歩まづまづと八四歳汗をぬぐひぬ

プラド美術館展

東京にプラド美術館展観つつかの日の無念こころを過ぐる

修二師とのスペイン紀行の企画ありき中止となりて十余年経る

スペインの旅の説明いきいきと師は聞き在しぬ面輪忘れず

ことさらにプラド美術館の作品の鑑賞を師はのぞみしならむ

スペインに発つ十日前修二師は身罷りましぬただ無念のみ

ベラスケス画の「メディチの庭園」すずやかな光の大気に吾もつつまる

グレコ画の「エジプトへの逃避」ロバの向きを変ふるヨセフの力を思ふ

ゴヤ描く「目隠し鬼」のたのしかり躍動の輪に吾《わ》も入り遊ぶ

箱根西麓三島大吊橋

歳末に「箱根西麓三島大吊橋」成り新名所となる

伽羅色の箱根半ばに斬新な大吊橋の一本ひかる

日本一長き吊橋渡りゆく雪富士のぞむ四百米

みはるかす伊豆の山山駿河湾南アルプス御前崎らを

目に留まる丘陵の畑懸命に人参を引く老人二人

歩行者ののみの吊橋飼犬は皆車椅子にてきよとんと渡る

冬晴れの「スカイウォーク」のすがすがしわが干支未の歳を遣りつつ

伊豆の地と箱根を結ぶ架け橋なり吊橋ラッシュか交通渋滞

北海の毛蟹

申年の次男夫婦は還暦なり金の鈴持つ猿の絵かかぐ

札幌の次男の呉るる見事なる毛蟹一箱除夜のうたげに

北海の毛蟹のうまし手際よく次男は蟹をつぎつぎ捌く

暖冬にはや梅咲けりふくいくと薫る駿河路年あらたまる

年男の子の賜物のシャンパンに祝杯を上ぐめでたかりけり

元旦は雑煮を炊きぬこの平和のつづく世にあれ　難民おもふ

白釉の萩の茶碗に薄茶点つ茶名「青雲」菓子は「跳猿《はねざる》」

受験生の孫は来らず初詣でに志望大学の合格祈る

左義長

冴えわたる小正月なり早朝を三嶋大社の左義長にゆく

達磨らをつるす青竹ゆらぎつつ御飾りの山めぐり並み立つ

神主の祝詞《のりと》　御祓のうやうやし今しどんどは点火されたり

左義長のほむらは天に立ちのぼり春の光の命をつつむ

接待の熱き甘酒すすりつつ火祭り仰ぐ朝のよろこび

大崎の八幡宮のどんど祭杜の都のよみがへりくる

仙台の極寒どきのどんど祭裸参りの若者の意気

どんど祭家族そろひて行きにける時のよろしも仙台時代

次男還暦

跳ね歩き胸張り止まり又進む鶫は寒の庭辺にぎはす

木蓮の白咲きみてりことごとく天の御声を聴きゐるごとし

還暦の次男ら祝ふ晩餐会懐石老舗の濱田家でなす

椀盛りは鮎魚女蔓菜や卵豆腐の清し仕立てよ品のよき味

伊勢海老の蕗の薹入り黄金焼きこれはめでたしまことにうまし

国立大合格つぐる孫の声太くたのもし胸熱く聞く

入学の準備のあらむ一先づは御祝贈るこころをこめて

学童の昆虫追ひしかの夏の網や虫籠未だ放たず

賢治記念館

国立の花巻病院広大な地に桜咲けり子は治めゐる

病院の敷地にしげる木木の間を栗鼠かけめぐり杜鵑鳴く

詩や童話科学絵画と心象の世界を偲ぶ賢治記念館

館近き胡四王山よりみはるかす賢治好みし花巻の景

欅材一本造りの毘沙門天の憤怒の形相されど安らぐ

注連あらたな土俵場のあり一歳児の全国泣き相撲大会を待つ

三猿を彫りし自然石苔むして早池峰古道の山かげに立つ

いにしへの技巧を偲び神さぶる早池峰神社を仰ぎゐるなり

遠野

早池峰の古参道なりホップ畑めづらしくみつつ常堅寺に来し

頭頂のくぼみに水と硬貨入るるカッパ狛犬初にまみゆる

ひんやりとしめる木陰のカッパ淵赤きカッパの見え隠れする

茅葺の家のほとりに桜咲く遠野を歩くゆかしかりけり

時代劇「一路」に出たる白馬ゐて呼べば寄り来る遠野曲り家

「マヨイガ」とふ屋敷の赤椀穀物を掬へど減らず富豪になりしと

棒のごとき屋内神《おくないかみ》の「オシラサマ」願ひごと書く布あまた着る

老人の追ひ遣られける「デンデラ野」ここに農作せしかあはれむ

日本一の木造観音

満開の桜を見つつ朱の橋を渡りのぼりぬ福泉寺なり

日本一の木造観音頭上には七福神の御座《おは》しおもしろ

水源なる琴畑渓流・不動滝白波を立てとどろきわたる

山奥の荒《さ》ぶる祠に不動尊睨み立つなり戸口開くれば

万病に効く水湧けり祠建ち「ハヤリ神」とて信仰あつし

田園の拠点のごとき茅葺の祠のありぬ荒神神社

東京の二十三区の広さ持つ遠野は太古湖ときく

啄木の記念館なりワーグナーの肖像画ありて心酔を知る

大学の孫の夏季休暇

大学の夏季休暇初の若者は先づ祖母われを訪ね呉れたり

抹茶入りに金粉ちらす愛《は》しき菓子若きのみやげ胸熱く食む

富士五湖は初にあらねど若者とドライブすなり八五歳

なかなかに富士あらはれず湖は帆船を浮かべきらめきゐたり

遠方に単身赴任の子を待ちて修善寺の宿「新井」に憩ひぬ

とほき日に泉鏡花の泊まりける「桐三」の部屋未だゆかしき

芥川・大観ゆかりの宿「新井」思ひもよらず名作あぢはふ

目前の池ゆたかなり餌をまけば鯉勢ひ立つ命うるはし

両親の墓参

両親の墓参をせむと長男と彼岸花咲く里の道ゆく

石段を数ふるごとく踏み締めて上りつめたり山門に着く

山門には龍澤寺専用道場無門関提唱と記すなり

勇み立つ龍やはばたく鳳凰の彫刻のあり山門仰ぐ

手入れよき境内に建つ均整のとれ美しき伽藍鐘楼

静謐な境内にあり開山の白隠禅師の遺徳を偲ぶ

墓碑前に香煙立てりたつた今詣でし人を偲びゐるなり

とりおきし伽羅の線香炷きそなへ感謝をこめて墓参りする

大観展

富士湧水こんこんと湧く心字池鴨や鯉らのゆたに泳げり

回遊式日本庭園橋渡りもみぢほんのり色付くを観つ

瀟洒なる日本家屋の隆泉苑「登録有形文化財」なり

茶会せし時偲びつつ隆泉苑過りゆくなりすぐ美術館

三島市の佐野美術館の大観展好評にあり先づ鑑賞す

一輪の赤紫の寒牡丹初冬の冷気はらふ風格

薄野を牧童三人家路さす月下の大気吾をもつつむ

雲を抜くはつなつの富士大観のゆるがぬ気魄せまり来るなり

初曽孫誕生

秋の陽の射す産院に初曾孫の誕生したりよろこび満てり

紅梅のかをるがごとき女曽孫よ時折あぐる声のめぐしも

秋晴れの光のつつむみどり児のとはの幸せ天に祈れり

富士湧水きよく流るる源兵衛川早晨の陽にきらめきゐたり

あめんぼの火花のごとく陽をはじき水陽炎のゆらめき止まず

川なかの飛び石つたひ歩きゆくカラーの白き一花まばゆし

溶岩の岸なす川辺柿照葉の映えつつ流れ行く秋おもふ

清流の源兵衛川の「世界灌漑施設遺産」に登録されき

大注連縄

鎮守なる三嶋大社なり一年の息災感謝し師走に詣づ

千古なる老木しげる森を背に白の御影の大華表立つ

大鳥居礼しくぐりぬ春を待つ桜の木木の碧天に映ゆ

きよらかな水をたたふる神池《しんち》あり鯉の群遊反り橋に見つ

新しき大注連《しめ》を張る総門と唐破風造りの神門くぐる

白無垢の花嫁のゆく参道よ遥かなる時偲びゐるなり

札幌は大雪の報赴任せし次男の無事を祈りをろがむ

伊豆の国一の宮なり三嶋大社氏神なるを幸と思へり

ロベール・ドアノー展

初日射す厨に立てり家族らの福寿を祈り雑煮を炊きぬ

元旦に男孫二人の名古屋より車走らせ来たるよろこび

免許証とりたての孫長距離をよくぞ来たるよ誉めあぐるなり

節振舞の一端として薄茶点つ茶名青雲菓子は初鶏

吾よりも背丈の高き子や孫に囲まれ撮りぬ新春の幸

初春のクレマチスの丘の小雪舞ふビュッフェの館に先づ入りたり

ロベール・ドアノー展あり白黒の陰影ふかき写真に見入る

セザンヌのアトリエ撮りし一枚に訪ねし時を思ひ出しをり

アルバム

戦時下の思ひ出話わきいづる姉つつがなし九七歳

三人子の成長記録を撮りくれし亡夫偲びつつアルバムを繰る

初孫の雛人形を選ばんと街中めぐると長男夫婦は

ニセコにてスキー存分たのしむと次男夫婦の元気よき声

会議にて今は博多と三男の博多人形鑑賞すと言ふ

蒲公英や土筆を見つつウォーキング大地踏みしめ大股に歩く

ウォーキングする度に会ふ人のゐて名は知らねども挨拶交はす

長男家族と花見

浜松までドライブしつつ花見をと子に誘はれよろこび発ちぬ

ハイウェー走りゆくなり視野よぎる桜並木は五六分に咲く

浜松城あふぎみるなり桜花天守の裳裾か咲き満つるなり

荒荒と自然石積む「野面積み」四百年の時を崩れず

家康の天下取る夢育てしや城めぐりつつ往時を偲ぶ

緑深き境内ひろし龍潭寺静寂の中ゆっくり歩く

江戸時代建立されし本堂の端正にあり時代にふるる

築山に石やさつきのきよらなり龍潭寺の庭こころ安らぐ

大暑の霊気

朝明けの大暑の霊気すがすがし産土までを歩きゆくなり

毛状雲伸びゐる天を鳥四羽列なし過る何処にゆくや

山鳩の「でぽおぽお」と呼ぶごとし暁の道一人しゆけば

濃く淡く伊豆の山山明け初むる坂下りつつあらため眺む

向日葵の大輪路地に朝日待つ命湧き立つ夏でありたし

うつさうと茂る神地は蟬時雨無我の境地に神前めざす

伝統のラジオ体操境内に元気老人つぎつぎつどふ

初参加のラジオ体操存分に手足を伸ばし朝空仰ぐ

菊屋旅館

漱石の大患なしし修善寺の菊屋旅館に関心いだく子

百七年以前の八月漱石は菊屋旅館に来しと記さる

つぎつぎに子らの集ひてにぎにぎと漱石ゆかりの菊屋をめざす

常磐色の伊豆の山山空色のきよき狩野川大仁を経る

露天風呂つきたる離れすがすがし遠くきこゆる蜩の声

桂川の瀬音すずしき露天風呂八六歳夢見心地よ

若きらと鮎の塩焼き食べながら病む漱石の食を偲べり

漱石の吐血せしとふ瀟洒なる離れ座敷の移築をたづね

レンジでチンの焼魚

旭川の産地直送のはうれん草濃緑《こみどり》肉厚甘味柔軟

科学技術庁長官賞受賞するはうれん草なり夏の逸品

ミサイルの北海道の上空を通過の報に次男を案ず

単身の赴任の息子の食案じレンジでチンの焼魚送る

むらがりて萩咲きみてり一本の苗持ち呉れし友の偲ばる

庭隅にすつくと伸びし曼殊沙華紅緋をかかげ時めきゐたり

落葉掃く我の頭上を秋茜初に飛ぶなり一匹二匹

餌を撒けど野鳥来らず秋山は実り豊かな楽園ならむ

一碗の雑煮

菩提寺の節分祭の花やげり年年歳歳挙加する幸

常林寺古札焼く火に餅をつき箱根野菜の雑煮ふるまふ

一碗の雑煮に身心春めけり立食の場の緋衣の僧

建国の記念の日なり三嶋大社五色の旗の碧天およぐ

紅白の梅咲く社に建国の記念を祝ふ「祝詞《のりと》」おごそか

紀元節と言ひしははるか袴つけ式にのぞみし学童われら

東照宮

沿道の桜を見ゆき日本平半世紀経てふたたび立てり

みはるかす駿河海や春の富士眼下に清水の街並・港

ロープウェー家康公に出会ふべく久能山まで谷渡りゆく

段差高き石段上れり若きらの差し伸べくるる手のあたたかし

楼門に辿りつきたり目を剝きて勇み立ちゐる平和の使者貘

東照宮豪華絢爛をめづるがに桜満開歩をゆるめゆく

つつしみて家康公の遺訓読む八六歳未だ至らず

家康公いかに思はむ行政の乱れ報ずる新聞を読む

隅田川花火大会

隅田川花火大会御初《おはつ》とて子の誘ひに感謝し待てり

台風に花火如何にと報を待つひと日延期の二九日に

両国のホテルのよろし延期なれど特別席に案内し呉る

砲に似る望遠レンズ構へ待つ写真の趣味の末の息子は

落日の刻刻を見つ開催の合図の上がる六時一五分

夜の空に大輪の花開きたり声上げ仰ぐ見事一瞬

平成の最後の花火の二万発どんに来し方花と開けり

家族五名線香花火に興じける仙台の夏忘れがたしも

チェロ

趣味チェロの次男スマホに聞かせ呉るハイドンピアノトリオソナタを

次男弾くチェロ美しくやはらかし酷暑の時をいやされゐたり

すばらしき師につきしこと喜べり科学研究なしゐる次男は

白じろと木槿咲くなりやうやくに酷熱の去り「白露」となりぬ

過りゆく街の店先薫り立つまつたけ、しめじ、えのき、まひたけ

常ならぬ酷暑を越えし現し身よ今この食事おろそかならず

蟋蟀の鳴きはじめたる夕間暮れ母を偲べり忌日の近し

白萩の群れ咲く寺の母子観音優しき笑顔見え隠れする

みちのくの天

亡夫逝きて四十四年充実の仙台時代今に忘れず

手書きなる学位申請論文を折折開き亡夫を偲べり

河鹿鳴く広瀬川辺を夫や子とそぞろ歩けりはるかなる日よ

初夏の青葉城址にピクニック海苔巻ショコラ子らのリュックに

仙台の七夕祭優雅なり家族こぞりてほこらかに見つ

かの大崎八幡宮のどんどやき燃え立つ炎を囲む酷寒

春を待ち親子そろひてサイクリング東北大のキャンパスめぐる

仙台は伊達氏六十二万石の城下町なり亡夫を恋ふ街

餅搗き

年賀状欠礼に知る亡き人をひたすら偲ぶ師走となりぬ

配偶者逝きたる友の悲しみを思ひ一筆先づはしたたむ

餅搗きの音のなつかし故郷の活気付きたる歳末憶ふ

餅搗きを手伝ふ女男の朝《あした》よりいそいそ集ふ里の厨辺

臼や杵蔵より出し厨辺に準備とヽのふかひがひしかり

蒸籠に餅米蒸せり臼と杵に搗く男衆の見せ場となれり

鏡餅伸し餅餡餅厨辺に並びゆたけし半世紀前

仙台より帰省をしたるわが家族搗きたての餅うましと食べぬ

平成の最後の初日

平成の最後の初日射し入りて打ち揃ひたる家族を照らす

平成の時代の雑煮みな炊けり元旦の霊気身にまとひつつ

琉球の朱塗りうつくし碗に盛る雑煮の映えてめでたかりけり

乾杯の声の高しもこの平和永久《とは》にと祈るあらたまの年

せち料理の三段重に石巻の特上蒲鉾みごと完食す

次男らの金沢みやげの金鍔をよき主菓子《おもがし》に薄茶を点てつ

元旦に友の年賀の電話あり骨折のためペンの持てずと

白梅のちらほら咲きて薫り立つうぐひす来てよ声の聞きたし

「紅白梅図屏風」

光琳の「紅白梅図屏風」をあらためて観つ梅の咲く頃

精気みつる紅白梅図江戸の世の梅の香たかく吾をつつめり

線描きのなき梅の花瀟洒なり一輪ごとに心うばはる

仁清の「色絵藤花文茶壺」観つ其の上の技量まばゆし

手鑑の「翰墨城」を初に観つ古筆・名蹟あつめ重厚

国宝の鑑賞をへて館を出づ熱海の海のはろばろしかり

新元号を待つ

春の日のくまなくてらす四月一日新元号の発表を待つ

一一時四〇分ごろ額かかへ壇上に立つ菅官房長官

新元号「令和」の墨書かかげ読む品よきひびき官邸に満つ

万葉集典拠の「令和」したしかり巻五をひらく梅花の序文

「梅花の歌三十二首併《あは》せて序」の時に初春の令月と読みつぐ

梅花の歌三十二首も読みゆけり素直な思ひこころに染むる

梅花の歌三十二首のそれぞれに作者名記す万葉集よき

うるはしき平和の御世の象徴とふ「令和」の時を嬉嬉とあゆまむ

義姉みまかる

兄の妻の百と二歳にみまかりぬ安らかな面いきづくごとし

通夜の席亡き義姉《あね》の辺に親族のつどひ思ひ出ぽつりぽつりと

龍沢寺大本堂に七名の僧の読経荘厳にあり

天を突く栄山老師の一声に義姉の御霊の現し世を去る

御仏となりたる義姉につつしみて焼香すなり読経の中

胡蝶蘭やカトレアの花を亡骸に添へつつ永久《とは》の別れ惜しめり

出棺の遠退くまでを見送りて帰る道の辺紫陽花の咲く

寺めぐり足腰鍛ふと老師言ふ八九歳矍鑠として

姉みまかる

姪の声の姉の入院知らせきぬきのみきのまま病院に馳す

朦朧の意識の姉よ三日前たのしく会話なしたるものを

朝食時脳梗塞を発症と回診の医師言葉少なに

あたたかく介護なしけむ姉の次女その名を言へば幽かに笑みぬ

京都より姉の次女来しその声に姉は安堵の面持ちを見す

姉白寿血管細く点滴の入りゆかぬとはづされてをり

午前一時姉安らかにみまかりしと夜の明けを待ち知らせのありぬ

姉の逝き何とさみしもひた思ふその存在の大きかりしを

宗旦木槿

庭隅に宗旦木槿咲き初めぬ何やらうれし近付きゆきぬ

真白なる宗旦木槿底紅を見せ開きたり処暑のあしたに

一輪の宗旦木槿花器に挿し茶会をしけるはるかなる日よ

亡き姉の宗旦木槿好みゐき一輪手折り御霊《みたま》にささぐ

松島に姉の家族を案内せし仙台時代今も夢みる

亡き姉の代りに受けてと胡蝶蘭一鉢とどく思ひ掛けずに

胡蝶蘭の根の乾き見て水遣りす朝な朝なを慈しみつつ

胡蝶蘭見事に咲けり天国の姉ごらんあれ友呉れし花

米寿

あたたかき家族の愛につつまれて米寿となりぬ感謝のつきず

家族らの幸ひたすらに祈りつつ一日ひと日を確とあゆまむ

山あひの新緑薫る宿「あさば」祝ひの膳をかこむ一族

金沢より車走らせ来し男孫悠然として席に着きたり

すこやかに米寿となりし幸せを詠みてとどめむ細き筆執る

子らつどひ吾の米寿を祝ひ呉る令和元年歓喜のみてり

あとがき

第一歌集の『富士見ゆる茶房』を出版しましてから十年余りが経ち、米寿を迎えました。

その間に、草木短歌会の「草木」誌に掲載した作品をまとめました。

歌集名は次にあげます八首からとり、「みちのくの天」としました。

亡夫逝きて四十四年充実の仙台時代今に忘れず
手書きなる学位申請論文を折折開き亡夫を偲べり
河鹿鳴く広瀬川辺を夫や子とそぞろ歩けりはるかなる日よ
初夏の青葉城址にピクニック海苔巻ショコラ子らのリュックに

仙台の七夕祭優雅なり家族こぞりてほこらかに見つ
かの大崎八幡宮のどんどやき燃え立つ炎を囲む酷寒
春を待ち親子そろひてサイクリング東北大のキャンパスめぐる
仙台は伊達氏六十二万石の城下町なり亡夫を恋ふ街

研究者の夫と結婚と同時に住みました仙台での十六年間は、私の人生の華でした。

亡夫の誕生しました一月に発行のこの歌集を、亡夫の御霊にささげたく思います。

なお、歌集作成の折に、大きな力となりました次男夫婦に深く感謝します。

また、歌集刊行にあたりこまごまと御配慮いただきました砂子屋書房の田村雅之様に厚く御礼申し上げます。

令和元年一〇月二二日

八木司江

草木叢書第六八篇
歌集　みちのくの天
二〇二〇年一月二六日初版発行
著　者　八木司江
静岡県三島市旭ヶ丘三六―一二（〒四一一―〇〇二〇）
発行者　田村雅之
発行所　砂子屋書房
東京都千代田区内神田三―四―七（〒一〇一―〇〇四七）
電話　〇三―三二五六―四七〇八　振替　〇〇一三〇―二―九七六三一
URL http://www.sunagoya.com
組　版　はあどわあく
印　刷　長野印刷商工株式会社
製　本　渋谷文泉閣